오늘 기분이 어때?
네 마음을 크게 말해 봐!

* 감정 스티커를 붙여 보세요.

방해하다 | 부럽다 | 샘나다 | 심술부리다, 심술이 나다

칭찬하다 | 약속하다 | 좋아하다 | 질투하다, 질투가 나다

용서하다 | 자랑하다 | 창피하다 | 화해하다

인정하다	반대하다	배우다	이해하다
뽐내다	설득하다	얕보다	
오해하다	응원하다	참다	

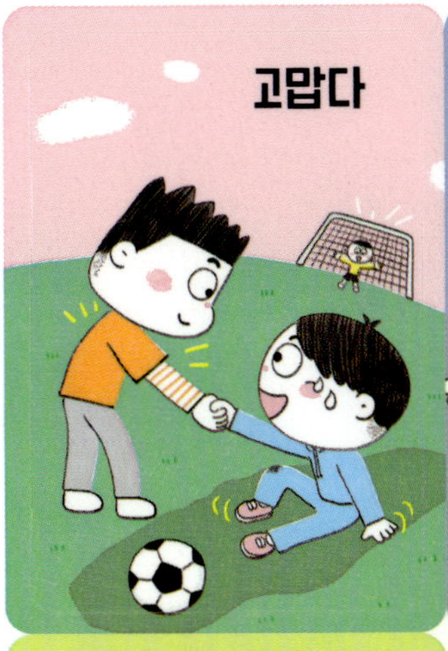

고맙다

메롱~
놀리다

미안하다
괜찮아?
미안해.
꽈당!

믿다
엄마~

부탁하다
엄마~

삐치다
텅
아이스크림

싸우다
야!
야!
내 거야!

양보하다
너 먹어.

용감하다
예방접종
씩씩~

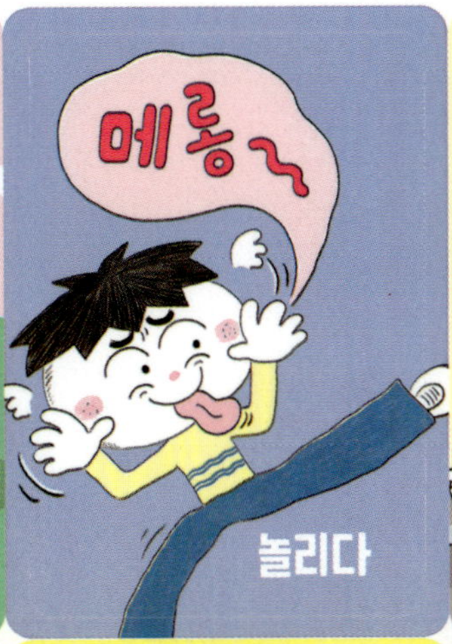

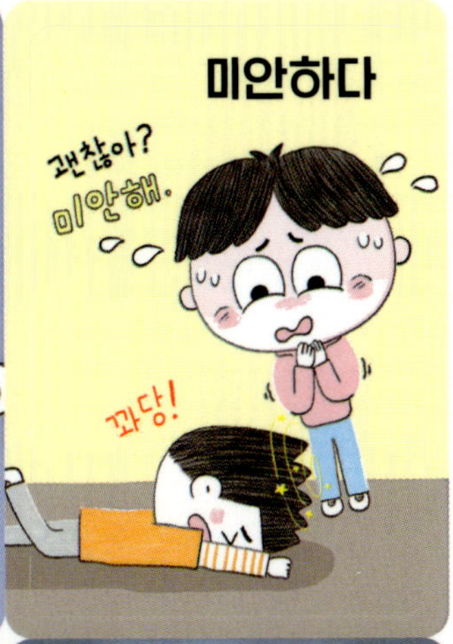

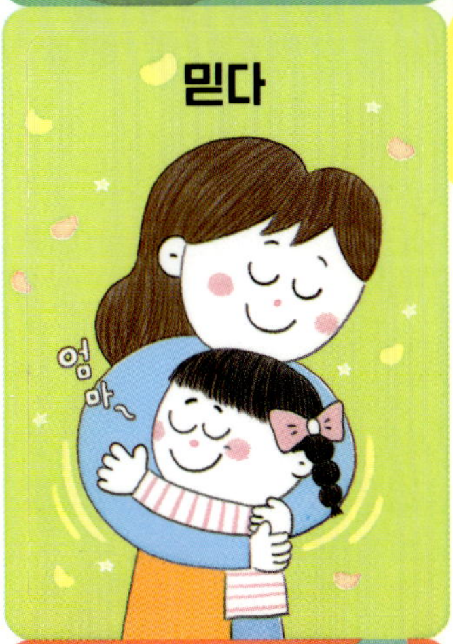

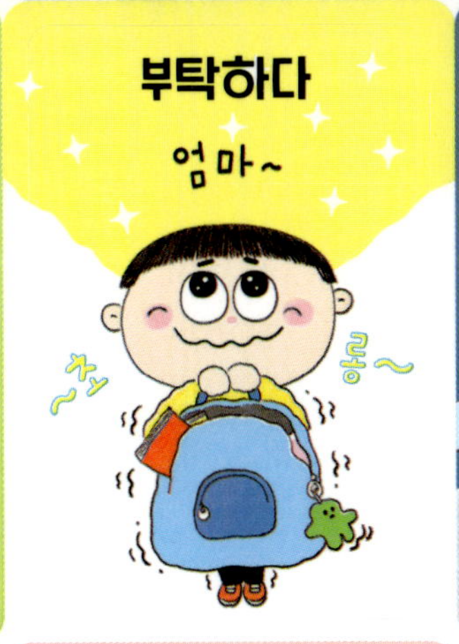

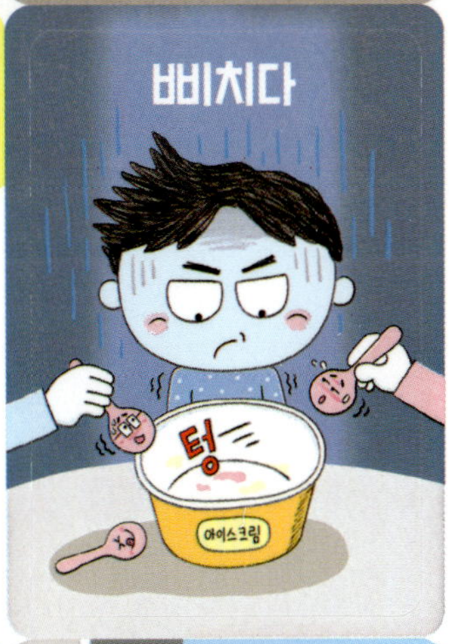

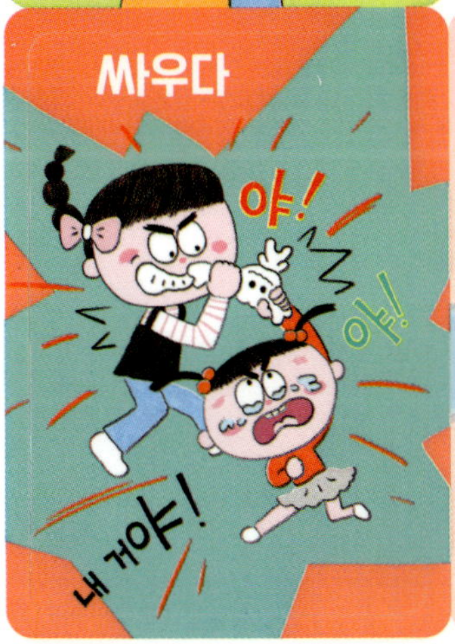

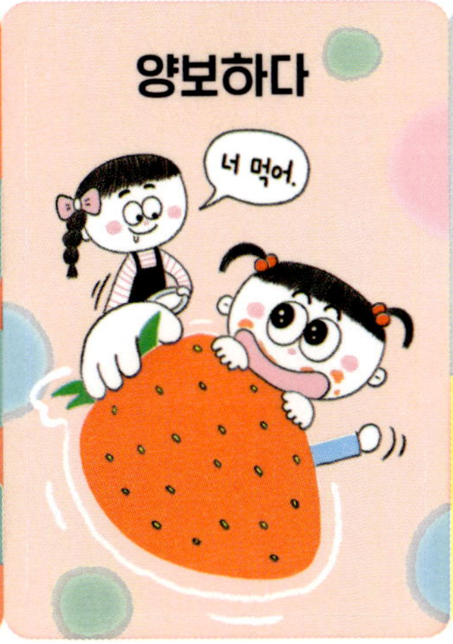

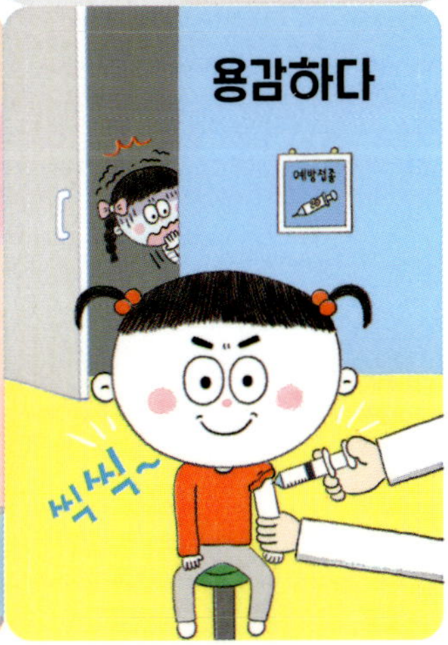

돕다, 도와주다

돌보다

떼쓰다

반갑다

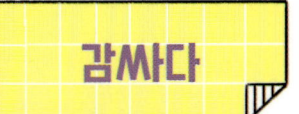

감싸다

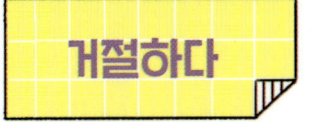

거절하다

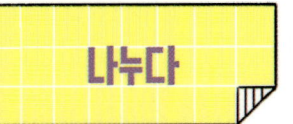

나누다

나에게 힘이 되는 마음 사전 ♥ 관계 편 ♥

친구도 모르는 내 마음
네 마음을 크게 말해 봐 ❷

글 장선혜 | 그림 김잔디

마루벌

친구랑 놀고 싶은데
뭐라고 말하지?

난 친구만 보면
부끄러워서 숨고 싶어.

친해지고 싶어서 조금 장난친 건데,
친구가 화를 내서 속상했어.

이렇게 행동하는 친구가 바로 너라면?

친구들은 너랑 같이 놀기 싫을 거야.

반대로 행동하면 어떻게 될까?

주위에 이런 친구들만 있다면 어떨까?

아무리 심심해도 절대로 놀지 않을 거야.

행동을 바꾸면 서로 좋은 친구가 될 수 있어.
좋은 친구를 사귀려면 먼저 노력해야 해.

차례

ㄱ – ㄷ

감싸다	15
거절하다	17
고맙다	19
나누다	21
놀리다	23
돕다, 도와주다	25
돌보다	27
떼쓰다	29

ㅁ – ㅂ

미안하다	30
믿다	33
반갑다	35
반대하다	37
방해하다	39
배우다	41
부럽다	43
부탁하다	45
뽐내다	47
삐치다	49

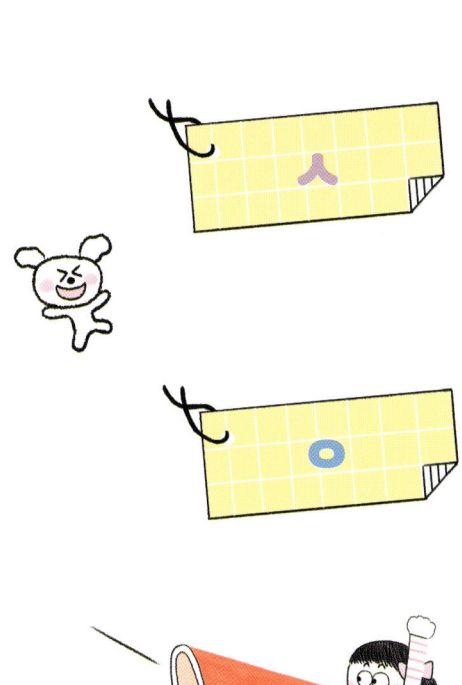

샘나다	51
설득하다	52
심술부리다, 심술이 나다	55
싸우다	57
약속하다	59
양보하다	61
얕보다	63
오해하다	65
용감하다	67
용서하다	69
응원하다	71
이해하다	73
인정하다	75

자랑하다	77
좋아하다	79
질투하다, 질투가 나다	81
참다	83
창피하다	85
칭찬하다	87
화해하다	89

감싸다

친구가 내 크레용을 부러뜨렸지만,
"괜찮아. 나 이거 집에 또 있어." 하며 친구를 감싸 주었어.

❀

동생이 젓가락질을 정말 못해도
"나도 처음에는 너보다 못했어." 하며 동생을 감쌌어.

❀

달리기를 못하는 친구를 빼고 놀자고 하길래
"친구니까 같이 놀자." 하며 그 친구를 감싸 주었어.

'감싸다'는 다른 사람의 잘못을 덮어 주거나 다른 사람을 편들 때 쓰는 말이야. 누군가 나를 감싸 주면 포근한 이불을 덮은 것처럼 마음이 따스해져. 내가 친구를 감싸 주면 그 친구도 나 같은 마음이 들 거야.

동생이 함께 놀아 달라고 졸랐지만,
"나 숙제부터 해야 돼." 하며 거절했어.

거절하다

친구가 내 인형을 빌려 달라고 했지만,
내가 가장 좋아하는 인형이라서 거절했어.

"게임 한 번만 더 하면 안 돼요?"
엄마에게 졸랐지만, 엄마는 "안 돼!" 하고 거절했어.

"아저씨랑 가면 맛있는 사탕 줄게." 모르는 아저씨가
내게 말했지만, "안 갈래요." 하고 거절했어.

'거절하다'는 상대방이 뭔가 요구하거나 부탁한 것을 받아들이지 않을 때 쓰는 말이야. 상대방이 무리한 부탁을 할 때뿐만 아니라, 나랑 생각이 다를 때도 거절할 수 있어.

내가 넘어졌을 때
친구가 얼른 손을 내밀어 주었어.
"친구야, 고마워."

고맙다

한참 걸어서 다리가 아팠는데,
아빠가 번쩍 들어서 업어 주었어. "아빠, 고마워요."

딱 한 장 남은 빨간색 색종이를
나에게 빌려준 친구가 정말 고마웠어.

내가 갑자기 카레를 먹고 싶다고 하니까
엄마가 얼른 만들어 주었어. "엄마, 고맙습니다."

'고맙다'는 다른 사람이 친절하게 대해 주거나 도와줄 때 쓰는 말이야. 누가 나를 챙겨 주거나 도와주면 마음이 따뜻해지면서 그 사람에게 아주 좋은 마음이 생겨. 그래서 "고마워."라는 말은 "너를 좋게 생각해."라고 말하는 것과 같아.

나누다

선물 받은 공룡 스티커를
친구들과 한 개씩 나누어 가졌어.

❀

유치원에서 산타클로스 할아버지가
선물을 차례차례 나누어 주었어.

❀

과자 한 봉지를 뜯어서
친구 셋이 똑같이 먹을 수 있게 나누었어.

'나누다'는 하나인 것을 둘이나 여럿으로 가를 때 쓰는 말이야. 빵 하나를 친구랑 같이 먹거나 피자 하나를 여럿이서 같이 먹을 때 써. 나 혼자 많이 먹으려고 욕심내지 않는 마음을 뜻해. 몫을 각각 분배한다는 뜻도 있어.

놀리다

어떤 친구가 뚱뚱한 친구에게
"야, 이 멧돼지야!" 하고 놀렸어.

"쟤는 젓가락질도 못 한대요!"
친구가 낄낄대며 나를 놀려서 기분이 나빴어.

친구들이 '아리'라는 내 예쁜 이름을
항아리라고 바꿔 부르며 놀렸어.

'놀리다'는 상대방을 흉보며 괴롭힐 때 쓰는 말이야. 놀릴 때는 별거 아닌 것도 크게 부풀려서 말하고는 해. 그런 말을 들으면 기분이 아주 나빠지지. 그러니까 친구를 놀리면 안 돼. 그 친구를 잃어버릴 수도 있거든.

엄마가 식사를 준비할 때, 숟가락이랑 젓가락을 놓고
접시도 옮기면서 도왔어.

돕다, 도와주다

아빠가 쓰레기를 버리러 갈 때 같이 나가서
분리수거하는 것을 도왔어.

동생이 한글 공부를 할 때
옆에 앉아서 도와주었어.

체육 시간에 몸이 불편한 친구를
다른 친구들과 함께 도와주었어.

'돕다, 도와주다'는 다른 사람의 일이 잘되도록 거들 때 쓰는 말이야. 어려운 일을 당한 사람을 도와주면 내 마음도 즐겁고, 상대방도 나에게 고마운 마음을 갖게 돼.

동생과 놀아 주고, 배고파서 울면 젖병도 물려 주며 돌보았어.

돌보다

내가 감기에 걸렸을 때, 엄마가 밤새
내 이마를 짚어 보며 곁에서 나를 돌봐 주었어.

우리 누나는 길냥이가 배고플까 봐
날마다 먹이를 주며 돌보았어.

어린 동생이 기어다니며 아무거나 주워 먹을까 봐
졸졸 쫓아다니며 돌봐 주었어.

'돌보다'는 관심을 가지고 보살필 때 쓰는 말이야. 누군가를 돌본다는 건 계속 살피며 마음을 쓰는 걸 말해. 상대방을 아끼는 마음이 있어야 돌볼 수 있어.

떼쓰다

엄마가 춥다고 외투를 입으라고 했는데,
원피스를 입겠다고 떼썼어.

❀

놀이공원에 놀러 가지 않으면
밥을 안 먹겠다고 떼썼어.

❀

한 시간만 게임하기로 약속하고는
더 하겠다고 떼썼어.

'떼쓰다'는 원하는 걸 얻으려고 고집부릴 때 쓰는 말이야. 떼쓸 때는 상대방의 말을 안 듣고 내 멋대로 구는 경우가 많아. 이렇게 자꾸 떼쓰면 가족은 물론이고 친구들과 멀어질 수도 있어.

미안하다

그림을 안 그려 줬더니 동생이 앙앙 울었어.
"동생아, 미안해."

❀

"오빠, 아까 소리 질러서 미안해."

❀

엄마에게 숙제를 다 했다고 거짓말했어.
"엄마, 거짓말해서 미안해요."

'미안하다'는 남에게 잘못해서 마음이 불편할 때 쓰는 말이야. 생각하지도 못한 실수를 할 때도 있지만, 알면서 잘못할 때도 있어. 미안한 마음이 들면 망설이지 말고 꼭 "미안해."라고 사과하는 게 좋아.

실수로 친구를 밀쳐서 친구가 '꽈당' 넘어졌어.
"친구야, 미안해."

믿다

"같이 공놀이하자." "좋아!" "저기까지 뛸까?" "응!"
친구가 뭐라고 하든 나는 친구를 믿어.

자전거를 처음 탔을 때 "넌 잘할 거야." 하고
아빠가 말했어. 나는 아빠를 믿어.

내가 "이거 공주 그림이에요." 하니까
엄마는 공주처럼 안 보이는데도 예쁘다고 말해 주었어.
내 말을 믿나 봐.

'믿다'는 어떤 사람에게 마음을 기대고, 그 사람이 기대를 저버리지 않을 거라고 여길 때 쓰는 말이야. 그 사람이 하자는 대로 따르면 안전하고 편안하게 느껴져.

반갑다

할머니가 보고 싶었는데,
거짓말처럼 눈앞에 딱 나타나니까 정말 반가웠어.

오랜만에 이모를 만났더니 정말 반갑고 기뻤어.

이사 간 친구가 전화했을 때 반가워서
눈물이 찔끔 날 뻔했어.

'반갑다'는 보고 싶은 사람을 만나거나 원하는 일이 이루어져 기쁠 때 쓰는 말이야. 하지만 모르는 사람이라도 반가울 때가 있어. 아무도 없는 깊은 숲속에서 누군가를 만나거나, 외국에서 한국 사람을 만나면 저절로 반가운 마음이 들지.

반대하다

나는 오늘 치킨이 먹고 싶다고 했는데,
볶음밥을 해 놓아서 안 된다고
엄마가 반대했어.

엄마가 영화를 보려고 텔레비전 채널을 돌렸는데,
아빠가 야구 경기를 꼭 봐야 한다며 반대했어.

다 같이 축구하기로 했는데,
한 친구가 게임하자며 반대했어.

'반대하다'는 어떤 사람의 생각이나 행동에 따르지 않고 맞설 때 쓰는 말이야. 상대방의 말이나 행동을 그냥 반대하는 것보다, 반대하는 이유를 명확하게 이야기해 주는 게 좋아.

방해하다

학교에서 수업 시간에 장난치며
친구들이 공부하는 걸 방해했어.

❀

"아빠, 킥보드 타러 가요. 네?"
잠든 아빠를 막 흔들어 깨워 아빠의 잠을 방해했어.

❀

"언니, 나도! 나도 그림 그릴래!"
막 떼쓰며 언니가 숙제하는 것을 방해했어.

'방해하다'는 다른 사람이 하는 일에 간섭하고 하지 못하도록 막을 때 쓰는 말이야. 상대방이 하는 일을 방해해서 피해를 주는 건 옳은 일이 아니야. 만약 누군가 내가 하는 일을 못 하게 방해하면 얼마나 속상하겠어?

수영장에서 엄마에게 '어푸어푸' 수영하는 방법을 배웠어.

배우다

아빠에게 두발자전거 타는 방법을 배웠어.

"헬로!" 영어 시간에 선생님에게 인사를 배웠어.

❁

형에게 끝말잇기 게임을 배워서 같이 놀았어.

'배우다'는 지식을 익히거나, 좋은 행동을 따를 때 쓰는 말이야. 게임 규칙이나 운동하는 방법, 영어나 수학을 배우기도 하지만 예의 바른 행동이나 예쁘게 말하는 방법을 배우기도 하지. 뭐든 배우는 건 나에게 큰 도움이 돼.

부럽다

가족들하고 놀이공원에 자주 놀러 가는 친구가
부러워.

❀

친구가 무선으로 조종하는 자동차를 선물 받았어.
"와, 정말 부러워!"

❀

미주는 친절하고 예쁘게 말해서 친구가 많아.
나는 미주가 부러워.

'부럽다'는 남이 가진 좋은 것이나, 남에게 생긴 좋은 일이 나에게도 생겼으면 하고 바랄 때 쓰는 말이야. 상대방이 가진 좋은 물건뿐만 아니라 예쁜 말투나 좋은 성격을 부러워하기도 해. 그런 사람을 보면 나도 그렇게 되고 싶어서 노력하게 되지.

부탁하다

신발을 신는 동안 친구에게 옷을 들어 달라고
부탁했어.

❀

필통을 집에 놓고 와서 친구에게 연필과 지우개를
빌려 달라고 부탁했어.

❀

로봇 조립이 너무 어려워서 아빠에게 도와 달라고
부탁했어.

'부탁하다'는 어떤 일을 해 달라고 요청할 때 쓰는 말이야. 누군가에게 부탁할 때는 모르는 사람보다 믿을 수 있는 사람에게 부탁하지. 만약 친구가 나에게 뭔가 부탁한다면 그건 나를 믿는다는 뜻이야.

뽐내다

형이 자기는 태권도할 때 빨간 띠를 맨다고 뽐냈어.

그림 그리기 대회에서 최우수상을 받은 친구가
뽐내며 으스댔어.

나는 직접 피아노 치는 동영상을
친구들에게 보여 주며 뽐냈어.

'뽐내다'는 우쭐거리며 자기가 가진 무언가를 자랑할 때 쓰는 말이야. 멋진 재주가 있다면 굳이 뽐내지 않아도 친구들이 금방 알게 돼. 너무 심하게 우쭐대며 자랑하면 친구들이 좋지 않게 볼 수도 있어.

삐치다

형이 나 빼고 자기 친구하고만 게임해서
삐쳤어.

❀

만들기 시간에 나름 열심히 만들었는데,
친구가 툭 치면서 "이게 뭐냐?"라고 해서 삐쳤어.

❀

엄마가 맛있는 것도 동생 먼저 주고,
동생만 예쁘다고 할 때 정말 삐쳤어.

'삐치다'는 서운하거나 못마땅해서 마음이 토라질 때 쓰는 말이야. 삐쳤을 때는 내가 무엇 때문에 삐쳤는지 잘 생각해 보고, 그 이유를 또박또박 설명해 봐. 아무 말도 하지 않고 넘어가면 같은 상황이 또 생길 수도 있어.

형 생일에 형만 선물도 받고 축하도 받으니까 샘났어.
그래서 엉엉 울어 버렸지 뭐야.

샘나다

공부도 잘하고 노래도 잘 불러서
맨날 칭찬받는 누나를 보면 샘나.

❁

엄마랑 아빠는 어리다고 동생만 예뻐해.
작은 아기이지만 동생을 보면 자꾸 샘나.

❁

동생이 고른 장난감이 내가 고른 것보다
더 좋아 보여서 샘났어.
그래서 동생에게 괜히 툴툴댔어.

'샘나다'는 다른 사람의 물건을 탐내거나 나보다 멋진 사람을 미워할 때 쓰는 말이야. 부러워하는 마음이 상대를 닮고 싶어 하는 마음이라면, 샘내는 마음은 부러운 마음을 넘어 상대를 미워하는 마음이야.

설득하다

유치원에 갈 때 내가 입고 싶은 옷을 입으려고
엄마를 설득했어.

❀

친구 둘이 싸워서 말도 안 하길래
서로 사과하라고 설득했어.

강아지를 키우면 어떤 점이 좋은지
하나하나 엄마를 설득했어.

'설득하다'는 상대방이 내 말을 따르도록 잘 설명할 때 쓰는 말이야. 상대방에게 내 생각을 차근차근 말하는 것은 꼭 필요해. 하지만 상대방이 내 생각에 찬성하지 않는다고 화를 내선 안 돼.

심술부리다, 심술이 나다

친구가 새 장난감을 갖고 와서 으스대니까
괜히 심술부리고 싶은 거 있지?

달리기해서 누나한테 지니까 심술이 나잖아.
그래서 누나 공을 '뻥' 차 버렸어.

아빠가 게임을 그만하라고 하니까 심술이 났어.
그래서 일부러 문을 '쾅' 닫고 들어가 버렸어.

'심술부리다, 심술이 나다'는 마음이 토라져서 괜히 고집부릴 때 쓰는 말이야. 하지만 이럴 때일수록 마음을 가라앉히려고 노력해야 해. 만약 자꾸만 심술을 부린다면 아무도 같이 놀고 싶어 하지 않을 거야.

관심도 없던 인형을 내가 좀 만졌더니,
동생이 갑자기 내놓으라고 해서 싸웠어.

싸우다

동생이 자꾸 내 물건을 가져가는 바람에
화가 나서 싸웠어.

❁

친구가 함부로 내 물건을 던져서 기분이 나빴어.
그래서 큰소리로 싸웠어.

❁

엄마와 아빠가 텔레비전 리모컨을 서로 갖겠다고 하다가
목소리가 높아지더니 결국 싸웠어.

'싸우다'는 말이나 힘으로 서로 이기려고 다툴 때 쓰는 말이야. 그런데 말로 싸우는 것을 넘어서 힘으로 싸우게 되면 누구든 먼저 사과하는 게 좋아. 그러지 않으면 싸운 상대와 관계가 정말 나빠질 수 있어.

약속하다

하루에 한 시간만 게임하기로
엄마랑 약속했어.

❀

이사 간 친구와 한 달 뒤에 꼭 만나기로
약속했어.

❀

아빠랑 다음 주에 놀이공원에 가기로
약속했어.

'약속하다'는 다른 사람과 앞으로 어떤 일을 어떻게 할지 정할 때 쓰는 말이야. 약속은 지키려고 정하는 거니까, 잘 생각해서 너무 어려운 약속보다는 지킬 수 있는 약속을 정하도록 해.

동생이 너무 먹고 싶어 해서 딱 한 개 남은 딸기를 양보했어.

양보하다

지하철에서 할머니에게 자리를 양보했어.

화장실에서 한 줄 서기로 기다리는데,
어떤 아줌마가 너무 급해 보여서 내 차례인데 양보했어.

새로 이사 온 친구에게 그네를 먼저 타라고
양보했어.

'양보하다'는 물건이나 자리를 다른 사람에게 먼저 내줄 때 쓰는 말이야. 양보하는 마음은 상대방을 먼저 생각하는 마음이야. 만약 누군가 나에게 무언가를 양보한다면 꼭 "고마워." 하고 마음을 전하는 게 좋아.

얕보다

새로 전학 온 친구가 공을 못 찰 것 같아서 얕보았는데,
공을 엄청 잘 차서 놀랐어.

언니한테 카드 게임을 하자고 했더니,
내가 못해서 싫다며 내 게임 실력을 얕보았어.

'얕보다'는 상대방을 낮춰서 깔볼 때 쓰는 말이야. 그런데 스스로에게 자신이 없거나 자기를 별로 좋아하지 않는 사람이 상대방을 얕보는 경우가 많아. 자신감이 넘치는 멋진 사람이라면 상대방을 얕보지 않고 오히려 존중하기 마련이지.

밥 먹다가 배가 아파서 화장실에 갔어.
그런데 내가 밥을 그만 먹는 줄로
오해하고는 엄마가 밥을 싹 치워 버렸지 뭐야.

오해하다

숨겨 놓은 젤리를 동생이 먹었다고 오해했어.
그런데 알고 보니 아빠가 먹었더라고.

친구가 내 팽이를 갖고 논다고 오해했는데,
나랑 똑같은 팽이를 산 거였어.

열심히 숙제하고 있는데, 느닷없이 엄마한테 혼났어.
엄마는 내가 논다고 오해했대.

'오해하다'는 사실과 다르게 알 때 쓰는 말이야. 오해를 하게 되면 누군가 억울한 사람이 생겨. 그러니까 서로 오해하지 않도록, 문제가 생기면 한 번쯤 물어볼 필요가 있어.

용감하다

엄마 없이 나 혼자서 학교에 갔다 왔더니
엄마가 이렇게 말했어. "우리 아들, 용감해!"

나는 깜깜하면 무서워서 아무것도 못 하는데,
동생은 깜깜한 거실을 혼자 걸어가더니 불을 켰어.
"와, 내 동생이지만 정말 용감하다!"

치과에서 이를 빼는데 울지 않고 잘 참았더니
"도건이 정말 용감한데!" 하고 의사 선생님이 칭찬했어.

'용감하다'는 용기 있고 씩씩하게 행동할 때 쓰는 말이야. 겁내지 않고 뭐든 씩씩하게 할 때 용감하다고 하지. 잘못한 일을 솔직하게 말하는 것도 용감한 행동이야.

내가 그린 그림을 동생이 엉망으로 만들었어.
"이번 한 번만 용서해 줄게."

괜찮아…

미안해.

용서하다

내가 아끼는 연필을 친구가 부러뜨렸지만,
"친구야, 괜찮아." 하며 용서했어.

❀

동생을 때렸다고 엄마에게 솔직하게 말했더니,
앞으로는 그러지 말라며 나를 용서해 주었어.

❀

친구가 장난치다가 실수로 나를 밀어서 넘어뜨렸어.
하지만 화내지 않고 용서해 주었어.

'용서하다'는 누군가 잘못했는데 벌하지 않고 덮어 줄 때 쓰는 말이야. 그런데 잘못을 용서해 주었다고 해서 다음에도 같은 잘못을 저지르면 어떻게 될까? 용서해 준 사람이 실망하게 될 거야.

"대~한민국!" 텔레비전을 보며 다 같이 우리나라 축구 팀을 응원했어.

응원하다

학예 발표회 때 무대로 나갔더니
엄마가 "파이팅!" 하고 응원해 주었어.

❀

우리 반은 체육 대회 때 청팀을 응원했어.
"천하무적, 청팀 이겨라!"

❀

어린 동생이 벌떡 일어서서 걷는 모습을 보고,
"걸음마, 걸음마!" 하며 손뼉을 치면서 응원했어.

'응원하다'는 힘을 낼 수 있도록 곁에서 도와줄 때 쓰는 말이야. 누군가 나를 응원해 준다고 상상해 봐. 응원하는 소리가 크게 들릴수록 힘이 쑥쑥, 기운이 펄펄 날 거야.

뭔가 뜻대로 안 되면 눈물을 흘리는 친구를 보고,
성격이 예민해서 그런 거라고 이해하기로 했어.

이해하다

벌레를 보고 깜짝깜짝 놀라니까 엄마는
"엄마도 벌레 보면 무서워." 하며 나를 이해해 주었어.

❀

엄마가 아침에 나를 깨우지 않은 건
너무 피곤해서 그랬을 거라고 엄마를 이해했어.

❀

오백 원짜리 두 개가 천 원이랑 같고,
천 원짜리 열 장이 만 원이랑 같다는 사실을 이해했어.

'이해하다'는 다른 사람이 그렇게 행동한 이유나 상황을 마음으로 받아들일 때 쓰는 말이야. 친구나 가족을 이해하면, 더 좋은 관계를 맺을 수 있어. 어떤 사실이나 지식을 깨달을 때도 이 말을 써.

인정하다

키를 대 보니 친구가 나보다 더 크지 않겠어?
"친구야. 네가 더 큰 거 인정할게."

형이 피아노 치는 모습을 보니
실력을 인정할 수밖에 없었어. "정말 대단해!"

동생이 물을 쏟았다고 혼나는 모습을 보고,
사실은 내가 물컵을 그곳에 두었다고 솔직히 인정했어.

'인정하다'는 확실히 그렇다고 여길 때 쓰는 말이야. 주로 상대방의 능력이나 주장을 받아들이거나, 내 잘못을 스스로 받아들일 때 써. 어떤 사실을 인정하면 더는 고집부리지 않게 돼.

자랑하다

엄마가 엄마 친구들에게 내가 아이돌 춤을
잘 춘다고 자랑했어.

❀

오늘 수업 시간에 발표를 잘해서 칭찬받았다고
엄마랑 아빠에게 자랑했어.

❀

"이 옷, 엄마가 직접 만들어 준 거다!"
멋진 새 옷을 입고 친구들에게 자랑했어.

'자랑하다'는 남에게 칭찬받을 만한 것을 스스로 뽐낼 때 쓰는 말이야. 노력해서 스스로 해낸 것을 자랑하면 더 많은 것을 해낼 수 있는 용기가 생겨. 하지만 선물 받은 장난감이나 옷 같은 것을 심하게 자랑하면, 잘난 체하는 것처럼 보일 수도 있어.

나는 친구들 앞에서 노래 부르는 걸 좋아해.

좋아하다

준수만 보면 자꾸 얼굴이 빨개지니까 엄마가
"너 준수 좋아하지?" 하며 웃었어.

❀

가족들을 생각하면 마음이 따뜻해져.
나는 가족들을 정말 좋아하나 봐.

❀

나는 다 잘 먹지만 특히 고기반찬을 제일 좋아해.

'좋아하다'는 어떤 일이나 물건, 사람이 마음에 들 때 쓰는 말이야. 어떤 일이나 물건을 좋아하면, 그것을 하거나 갖기 위해서 열심히 노력하게 되지. 또, 어떤 사람을 좋아하면 그 사람을 만났을 때 가슴이 콩콩 뛰거나 얼굴이 빨개지기도 해.

엄마가 동생만 안고 있어서
동생한테 질투가 났어.

질투하다, 질투가 나다

공부도 잘하고 운동도 잘하는 친구가 부러워서
질투했어.

소풍 갈 때 단짝 친구가 다른 친구랑 짝꿍이 되어서
질투가 났어.

내가 신고 싶었던 신발을 신고 와서 자랑하는
친구를 보니 질투가 났어.

'질투하다, 질투가 나다'는 다른 사람이 잘되거나 좋은 상황인 것을 괜히 미워하고 깎아내릴 때 쓰는 말이야. 남을 깎아내리려고 하기 때문에 그냥 미워하는 마음보다 조금 더 나쁜 마음이지. 질투하지 않도록 노력해 봐.

참다

동생이 내가 만든 블록을 부수었을 때,
화가 머리끝까지 났지만 참았어.

❦

무척 배가 고팠지만,
아빠랑 같이 저녁을 먹으려고 참았어.

❦

친구가 계속 약 올리며 놀렸지만,
화내지 않고 끝까지 참았어.

'참다'는 불쑥 튀어 오르는 감정이나 뭔가 하고 싶은 마음을 꾹 누를 때 쓰는 말이야. 모든 걸 다 참을 필요는 없지만, 갈등이 생겼을 때 상대방을 생각해서 참으면 좋은 관계를 유지할 수 있어.

창피하다

멋진 옷을 입고 자랑하다가
실수로 넘어졌는데, 너무 창피했어.

❁

엄마가 엄마 친구들 앞에서 춤춰 보라고 시켜서
창피했어.

❁

식당에서 아빠가 '뿡' 방귀를 뀌지 뭐야.
"아유, 창피해!"

'창피하다'는 떳떳하지 못하거나 자신이 없어서 부끄러울 때 쓰는 말이야. 친구들 앞에서 늘 멋있게 보이고 싶지만, 뜻대로 안 될 때가 많아. 사람들 앞에 나서기 부끄러워서 창피할 때도 있고. 그럴 땐 좀 더 용기를 내 봐!

"반찬을 골고루 잘 먹는구나."
선생님이 칭찬해 주었어.

칭찬하다

"와, 받아쓰기 정말 잘한다."
국어 시간에 친구가 칭찬해 주었어.

"엄마가 만든 돈가스가 세상에서 제일 맛있어요."
내가 칭찬하자 엄마는 활짝 웃었어.

"우리 수빈이는 동생하고 정말 잘 놀아 주는걸."
아빠가 칭찬해 주어서 어깨가 으쓱했어.

'칭찬하다'는 좋은 점이나 착하고 훌륭한 일을 높이 헤아릴 때 쓰는 말이야. 아주 작은 것이라도 칭찬을 들으면 기분이 좋아져서 더 잘하고 싶어져. 친구나 가족에게 자주 칭찬해 주면 사이가 훨씬 가까워질 거야.

화해하다

동생이랑 싸우면 서로 말을 안 해서 심심하니까
금방 화해했어.

❀

어제 엄마랑 아빠가 싸웠는데,
오늘 화해해서 정말 다행이야.

❀

학교에서 어제 다툰 친구를 만났는데,
서로 "안녕." 하고 인사하면서 화해했어.

'화해하다'는 싸움을 멈추고, 서로 갖고 있던 나쁜 감정을 풀어 없앨 때 쓰는 말이야. 서로 미워했던 감정을 풀기도 하고, 잘못 알고 오해했던 일을 풀 수도 있어. 누군가와 싸웠을 때 '내가 상대방이라면 어떨까?' 하고 생각해 보면 화해하기 쉬워.

글 장선혜
아이스러움이 좋아 그림을 그리고 글을 쓰다가 어느새 어린이책 만드는 일을 하고 있습니다.
출판미술대전 토이북상 1회 대상을 받았습니다. 쓴 책으로《수학 나라 이야기쟁이》,《샐리의 법칙》,
《엄홍길, 또다시 히말라야로!》 등을 썼고, 인성 동화《심쿵》, 과학 동화《과학도깨비》 등의 시리즈를 기획했습니다.

그림 김잔디
대학에서 애니메이션을 공부하고, 지금은 어린이책에 그림을 그리고 있어요.
표정이 풍부한 주인공과 깨알 재미가 들어간 그림 그리기를 좋아해요.
그린 책으로는《루아와 파이의 지구 구출 용감한 수학 시리즈》,《어쩌면 우주전쟁이 일어날지도 몰라》
《더운 지구 뜨거운 지구 펄펄 끓는 지구》,《내 맘대로 유튜브》 등이 있어요.

나에게 힘이 되는 마음 사전 ♥ 관계 편 ♥

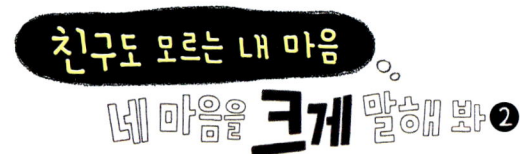

장선혜 글 | 김잔디 그림

초판 1쇄 펴낸 날 | 2025년 3월 10일

펴낸이 | 장영재 **펴낸곳** | 마루벌 **등록** | 2004년 4월 1일(제2004-000083호)
주소 | 서울시 마포구 성미산로32길 12, 2층 (우 03983) **전화** | 02-3141-4421
팩스 | 0505-333-4428 **홈페이지** | www.marubol.co.kr

이 책의 어떠한 부분도 마루벌의 서면 허락 없이 종이나 전자,
기타 다른 매체를 통해 복제, 저장, 전송될 수 없습니다.

KC인증 정보 **품명** 아동도서 **사용연령** 4세~9세 **제조년월일** 2025년 3월 10일 **제조국** 대한민국 **연락처**
02)3141-4421 서울시 마포구 성미산로32길 12, 2층 **주의사항** 종이에 베이거나 긁히지 않도록 조심하세요.
책 모서리가 날카로우니 던지거나 떨어뜨리지 마세요.